FOOT

Quel pays européen
a éliminé l'équipe de France lors
des qualifications du Mondial 1994 ?

Réponse : le 17 novembre 1993, la France a perdu face à la Bulgarie à la suite d'un but de Kostadinov à la dernière minute du match (1-2).

FOOT

Le record du nombre de buts
marqués par match date de 1954.
Mais dans quel pays d'Europe
s'est déroulée cette compétition ?

Réponse : en Suisse.

FOOT

Quel joueur brésilien a inscrit trois buts lors des finales de la Coupe du Monde ?

Réponse : il s'agit de Pelé (deux buts lors de la finale du Mondial 1958 et un but durant celle de 1970). Trois autres joueurs ont réussi cet exploit : Geoff Hurst (lors d'une seule finale), Vavá et Zinédine Zidane.

FOOT

Quel record a été battu lors des huitièmes de finale du Mondial 2006 ?

1. Le record de cartons distribués.

2. Le record de joueurs blessés.

Réponse : 1. Le record de cartons distribués. Lors de ce match, surnommé « la bataille de Nuremberg », l'arbitre russe Valentin Ivanov a distribué 20 cartons.

FOOT

Combien de buts
David Beckham a-t-il marqué
en Coupe du Monde ?

Réponse : trois buts (un en 1998,
un en 2002 et un en 2006).

FOOT

Quel nom portait le ballon officiel de la Coupe du Monde 2014 au Brésil ?

1. Brazuca.
2. Pelotita.

Réponse : 1. Brazuca. « Brazuca » a été fabriqué par la marque Adidas. Ce ballon révolutionnaire pesait 437 grammes.

FOOT

**Lors du Mondial 1966,
l'équipe de Russie a réussi
son meilleur résultat
en Coupe du Monde.
À quelle place a-t-elle terminé ?**

Réponse : à la 4e place. Les Russes ont terminé à cette place suite à leur défaite contre le Portugal dans la petite finale (2-1).

FOOT

Lors du Mondial 2014, quel pays européen a fait construire un hôtel afin d'abriter son équipe durant le tournoi ?

Réponse : l'Allemagne. Ne trouvant pas de lieu à leur goût, les Allemands ont fait construire leur propre hôtel, qui est devenu, après la compétition, un complexe sportif pour les jeunes footballeurs de la région de Rio de Janeiro.

FOOT

Quel joueur espagnol marqua le but de la victoire en finale de la Coupe du Monde 2010 ?

1. Sergio Ramos.

2. Andrés Iniesta.

Réponse : 2. Andrés Iniesta. Il marqua le but de la victoire lors des prolongations (116e minute).

FOOT

Quel joueur a été élu meilleur gardien de la Coupe du Monde 2010 ?

1. Iker Casillas.

2. Maarten Stekelenburg.

Réponse : 1. Iker Casillas. Capitaine de l'équipe espagnole (qui remporta cette édition), il eut l'honneur de soulever en premier le trophée.

FOOT

Quel joueur allemand a été élu meilleur jeune joueur de la Coupe du Monde 2010 ?

Réponse : Thomas Müller.

FOOT

Quelle équipe surprise a été éliminée en quart de finale par les Pays-Bas lors du Mondial 2014 ?

Réponse : le Costa Rica. Cette équipe fut la révélation de ce tournoi. En effet, elle termina 1e de son groupe et fut seulement éliminée en quart de finale lors d'une terrible séance de tirs au but.

FOOT

**Lors du Mondial 2002,
quel était le surnom du célèbre
trio d'attaquants brésiliens ?**

1. Les 3 R.

2. Les trois Mousquetaires.

Réponse : 1. Les 3 R. Ce trio, composé de Ronaldo, Rivaldo et Ronaldinho, emmena l'équipe du Brésil jusqu'au titre.

FOOT

Comment s'appellent
les fans de Neymar ?

1. Neymarzetes.
2. Neymarios.

Réponse : 1. Neymarzetes.

FOOT

Quelles sont
les trois couleurs
de l'équipe nationale russe ?

Réponse : blanc, bleu et rouge,
à l'image des couleurs du drapeau
national du pays.

FOOT

Quel record en Coupe du Monde détient le gardien de but Essam El Hadhary ?

1. Le plus grand joueur.

2. Le joueur le plus âgé.

Réponse : 2. Le joueur le plus âgé. Cet Égyptien avait 45 ans lors du Mondial 2018.

FOOT

Combien d'équipes africaines ont participé à la Coupe du Monde 2018 ?

Réponse : cinq. Ces cinq équipes (sur 32) étaient l'Égypte, le Maroc, le Nigéria, le Sénégal et la Tunisie.

FOOT

Quel attaquant est le meilleur buteur de l'histoire de la Coupe du Monde ?

Réponse : l'Allemand Miroslav Klose. Il détient ce record avec seize buts marqués : cinq en 2002, cinq en 2006, quatre en 2010 et deux en 2014.

FOOT

Qui a été désigné meilleur gardien de but de la Coupe du Monde 2014 ?

Réponse : Manuel Neuer.
Il n'a encaissé que quatre buts
en sept rencontres.

FOOT

Quel joueur fut le meilleur passeur décisif lors du Mondial 2014 ?

1. Juan Cuadrado.

2. André Schürrle.

Réponse : 1. Juan Cuadrado.
Le Colombien a atteint ce classement en réalisant quatre passes décisives durant ce Mondial.

FOOT

Qui fut le meilleur buteur français lors du Mondial 2014 ?

Réponse : Karim Benzema,
avec trois buts en cinq rencontres.

FOOT

Qui a marqué le seul but de la finale lors de la Coupe du Monde 2014 ?

1. Mario Götze.

2. Mesut Özil.

Réponse : 1. Mario Götze. Il a inscrit le but de la victoire lors des prolongations (113e minute).

FOOT

Quel pays ayant remporté la Copa América en 2015 et 2016 a été l'un des grands absents de la Coupe du Monde 2018 ?

Réponse : le Chili.

FOOT

Quelle équipe est surnommée les « Trois Lions » ?

1. L'équipe de Roumanie.
2. L'équipe d'Angleterre.

Réponse : 2. L'équipe d'Angleterre.

FOOT

Quelle équipe africaine est surnommée les « Lions de l'Atlas » ?

Réponse : l'équipe du Maroc.

FOOT

Quel est le plus grand entraîneur de l'histoire du foot français ?

1. Arsène Wenger.

2. Aimé Jacquet.

Réponse : 2. Aimé Jacquet. Son bilan à la tête de l'équipe de France de 1993 à 1998 est incroyable : 34 victoires, 16 nuls et seulement 3 défaites !

FOOT

Quel est le nom du sélectionneur allemand ayant remporté la Coupe du Monde 2014 ?

Réponse : Joachim Löw.

FOOT

Quel record insolite en Coupe du Monde détient l'Uruguayen José Batista ?

1. Le carton rouge le plus rapide.

2. Le nombre de penaltys ratés.

Réponse : 1. Le carton rouge le plus rapide.
Lors de la rencontre Uruguay-Écosse en 1986, José Batista a reçu un carton rouge après seulement 56 secondes de jeu.

FOOT

Quel record en Coupe du Monde détient l'attaquant russe Oleg Salenko ?

1. Il a marqué cinq buts en un match.

2. Il a marqué en tirant à 53 mètres du but.

Réponse : 1. Il a marqué cinq buts en un match. Oleg Salenko réalisa cet exploit lors d'un match de la Russie contre le Cameroun (6-1) en 1994.

FOOT

Dans quel pays européen va se dérouler la prochaine Coupe du Monde féminine en 2019 ?

Réponse : en France.

FOOT

Quelle équipe a remporté la Coupe du Monde féminine en 2015 ?

Réponse : les États-Unis grâce à une victoire contre le Japon (5-2).

FOOT

Question

Pourquoi l'Uruguayen Luis Suárez a-t-il été exclu du Mondial 2014 ?

1. Il a craché sur un arbitre.

2. Il a mordu un adversaire.

Réponse : 2. Il a mordu un adversaire. Cet adversaire était le joueur italien Giorgio Chiellini. Cette agression lui a valu quatre mois de suspension.

FOOT

Lors du Mondial 2014, quelle équipe a humilié l'Espagne sur le score de 5-1 ?

Réponse : les Pays-Bas.

FOOT

Quelles étaient les quatre équipes demi-finalistes lors de la Coupe du Monde en 1998 ?

1. France, Italie, Brésil, Turquie.

2. Pays-Bas, Croatie, France, Brésil.

Réponse : 1. France, Italie, Brésil, Turquie.

FOOT

Quelle célèbre chanteuse
a entonné l'hymne officiel
de la Coupe du Monde 2010
qui se déroulait en Afrique du Sud ?

Réponse : Shakira, qui a interprété
« Waka Waka », la chanson officielle
du Mondial 2010.

FOOT

Quel joueur français, présent aux Mondiaux 2010 et 2014, est surnommé « Petit Vélo » ?

Réponse : Mathieu Valbuena, en référence à sa petite taille (1,67 m) et à sa grande vitesse.

FOOT

Quel joueur italien, champion du monde en 2006, était surnommé « Pinturicchio » ?

1. Alessandro Del Piero.

2. Andrea Pirlo.

Réponse : 1. Alessandro Del Piero. Il était surnommé ainsi en référence à un peintre de la Renaissance qui réalisait des fresques somptueuses et gracieuses.

FOOT

Quel joueur ayant remporté la Coupe du Monde a été élu meilleur joueur de la décennie 2000-2010 ?

Réponse : c'est Ronaldinho.
Il a été désigné meilleur joueur de la décennie par le magazine *World Soccer*.

FOOT

Dans quel pays fut organisée la première Coupe du Monde en 1930 ?

Réponse : en Uruguay, car, à l'époque, ce pays avait la meilleure équipe du monde.

FOOT

Question

Quel joueur a dit :
« Je ne sais pas pourquoi,
je suis tout le temps sifflé.
Je suis riche, beau et fort, et les
gens sont jaloux. Le public m'envie,
je ne vois pas d'autre explication. » ?

Réponse : Cristiano Ronaldo.

FOOT

Dans quelle ville brésilienne s'est déroulée la finale de la Coupe du Monde 2014 ?

1. Rio de Janeiro.

2. Brasília.

Réponse : 1. Rio de Janeiro.

FOOT

Où se trouve le siège de la FIFA ?

1. En Suisse.
2. En France.
3. En Allemagne.

Réponse : 1. En Suisse. Et plus précisément à Zurich. L'acronyme « FIFA » désigne la « Fédération internationale de football association ».

FOOT

Quel pays a remporté la Coupe du Monde en 1994 ?

Réponse : le Brésil. Il remporta ce Mondial grâce à une victoire contre l'Italie lors de la séance de tirs au but (3-2).

FOOT

Quel joueur français a marqué le dernier but lors de la finale de la Coupe du Monde en 1998 ?

1. Laurent Blanc.

2. Emmanuel Petit.

Réponse : 2. Emmanuel Petit. Il marqua le 3e but de cette finale légendaire face au Brésil (3-0).

FOOT

Lors de la Coupe du Monde 2006, quel numéro Zinédine Zidane portait-il sur son maillot ?

Réponse : il portait le n° 10 avec l'équipe de France.

FOOT

En 2017, quel pays européen a remporté la Coupe du Monde des moins de 20 ans ?

Réponse : c'est l'Angleterre, qui a battu le Venezuela 1-0.

FOOT

Quel pays d'Amérique latine a perdu la toute première finale de la Coupe du Monde en 1930 ?

Réponse : l'Argentine.

FOOT

Qui fut le meilleur buteur de la Coupe du Monde 2014 ?

1. James Rodríguez.

2. Thomas Müller.

Réponse : 1. James Rodríguez (avec six buts).

FOOT

Quel pays européen
a organisé la Coupe du Monde
en 1938 ?

Réponse : la France.

FOOT

Quel pays européen n'ayant jamais remporté la Coupe du Monde détient le record de finales perdues ?

Réponse : les Pays-Bas. Cette équipe a disputé trois finales de Coupe du Monde (1974, 1978 et 2010) sans jamais remporter le titre.

FOOT

Quel pays a remporté le plus de fois la Coupe du Monde ?

Réponse : il s'agit du Brésil avec cinq titres.

FOOT

Quel animal a été choisi pour incarner la mascotte officielle de la Coupe du Monde 2018 ?

Réponse : un loup, du nom de « Zabivaka ». Pour info, *zabivaka* signifie « celui qui marque » en russe.

FOOT

Quel pays, demi-finaliste
lors du Mondial 2014,
n'a pas réussi à se qualifier
pour la Coupe du Monde 2018 ?

Réponse : les Pays-Bas.

FOOT

Question

Combien d'équipes participeront à la Coupe du Monde 2026 ?

Réponse : 48 équipes.

FOOT

Quel poids pèse le trophée de la Coupe du Monde de la FIFA ?

1. 1,502 kilo.

2. 3,856 kilos.

3. 6,175 kilos.

Réponse : 3. 6,175 kilos. Il mesure 36,8 cm de haut (sans son socle).

FOOT

Le Mondial 2018 en Russie a été la quantième édition de la Coupe du Monde ?

Réponse : la 21e édition.
C'est la toute première fois qu'elle se déroulait en Russie.

FOOT

**Vrai ou faux ?
Le but le plus rapide de l'histoire
de la Coupe du Monde a été marqué
après 11 secondes de jeu.**

Réponse : vrai. Ce but fut marqué
en 2002 par le Turc Hakan Sükür.

FOOT

Vrai ou faux ?
Aucun gardien n'a jamais remporté le titre de meilleur joueur d'une Coupe du Monde.

Réponse : faux, en 2002, le gardien Oliver Kahn (Allemagne) a été désigné meilleur joueur du tournoi.

FOOT

Vrai ou faux ?
Zinédine Zidane a marqué
5 buts en Coupe du Monde.

Réponse : vrai, Zidane a marqué
deux buts en 1998 et trois en 2006.

FOOT

Quel pays détient le record du nombre de participations à une finale de Coupe du Monde ?

Réponse : l'Allemagne (avec huit finales).

FOOT

Quel pays accueillera
la Coupe du Monde 2022 ?

Réponse : le Qatar.

FOOT

Quels sont les trois pays d'Amérique qui organiseront conjointement la Coupe du Monde 2026 ?

Réponse : les États-Unis, le Canada et le Mexique.

FOOT

Vrai ou faux ?
Le premier but de l'histoire
de la Coupe du Monde
a été marqué par un Français.

Réponse : vrai,
il s'appelle Lucien Laurent.

FOOT

Quels pays ont remporté à ce jour deux Coupes du Monde ?

Réponse : l'Argentine, la France et l'Uruguay.

FOOT

Quel est le nom
du mythique stade brésilien
où s'est déroulée la finale 2014 ?

Réponse : le stade Maracanã.

FOOT

Dans quelle ville
a eu lieu la finale
de la Coupe du Monde 2018 ?

Réponse : Moscou.

FOOT

Combien d'équipes
ont participé
à la Coupe du Monde 2018 ?

Réponse : 32 équipes.

FOOT

La Coupe du Monde 2002
s'est déroulée dans deux pays
asiatiques. Lesquels ?

Réponse : la Corée du Sud et le Japon.

FOOT

Où s'est déroulée
la Coupe du Monde 1950 ?

1. Brésil.

2. Italie.

Réponse : 1. Brésil.

FOOT

Qui était le sélectionneur
de l'équipe de France en 1998 ?

Réponse : Aimé Jacquet.

FOOT

Quel pays a perdu en finale
de la Coupe du Monde 2010 ?

Réponse : les Pays-Bas (défaite 1-0
face à l'Espagne).

FOOT

Quelle fédération organise
la Coupe du Monde ?

Réponse : la FIFA.

Qui a été élu meilleur joueur de la Coupe du Monde 2010 ?

1. Diego Forlán.

2. David Villa.

Réponse : 1. Diego Forlán.

FOOT

Où s'est déroulée
la Coupe du Monde 1982 ?

1. Espagne.
2. Argentine.

Réponse : 1. Espagne.

FOOT

Vrai ou faux ?
Le Brésil est le seul pays à avoir disputé toutes les Coupes du Monde.

Réponse : vrai.

FOOT

FOOT

Hormis la Russie, qui fut la première équipe qualifiée pour la Coupe du Monde 2018 ?

1. Le Brésil.

2. La Belgique.

3. L'Arabie Saoudite.

Réponse : 1. Le Brésil. Il fut la toute première équipe qualifiée grâce à sa victoire 3-0 contre le Paraguay le 28 mars 2017.

FOOT

En quelle matière étaient composés les premiers ballons ?

1. En caoutchouc.
2. En vessie de cochon.
3. En papier mâché.

Réponse : 2. En vessie de cochon.

FOOT

Pourquoi les équipes sont-elles composées de 11 joueurs ?

Indice : en Angleterre, les équipes étaient constituées par chambre dans les pensionnats.

Réponse : dans les collèges anglais, où le football est né au XIXe siècle, les élèves dormaient dans des dortoirs de 10 places auxquelles s'ajoutait celle du surveillant. En fixant le nombre à 11 joueurs, chaque chambre pouvait avoir sa propre équipe !

FOOT

Quelles sont les dimensions d'une cage de but ?

1. 2,12 m (H) x 7,12 m (L).
2. 2,30 m (H) x 7 m (L).
3. 2,44 m (H) x 7,32 m (L).

Réponse : 3. 2,44 m (H) x 7,32 m (L).

FOOT

Réponse : 3. En 1970. Un jour, alors qu'il attendait dans sa voiture à un feu, l'arbitre anglais Ken Aston eut l'idée d'un système de cartons jaune et rouge. La FIFA adopta son idée lors de la Coupe du monde 1970.

Quand furent inventés les cartons jaunes et rouges ?

1. En 1887.

2. En 1911.

3. En 1970.

FOOT

Question

En quelle année a eu lieu le premier match officiel de football féminin ?

Indice : avant 1900.

Réponse : en 1885. Le football féminin ne date donc pas d'hier !

FOOT

Quel est le poids réglementaire d'un ballon de foot ?

1. Entre 300 et 320 g.

2. Entre 410 et 450 g.

3. Entre 870 et 900 g.

Réponse : 2. Entre 410 et 450 g. Les ballons doivent également avoir une circonférence comprise entre 68 et 70 centimètres et une pression comprise entre 600 et 1 100 g/cm².

FOOT

En quelle année est apparue la première règle établissant le hors-jeu ?

1. En 1863.
2. En 1901.
3. En 1962.

Réponse : 1. En 1863. À l'époque, tous les joueurs situés devant le ballon étaient considérés comme « hors-jeu ». Les passes vers l'avant étaient donc interdites, comme au rugby.

FOOT

Question

Qui a inventé les séances de tirs au but ?

1. Lord Penalty.
2. Yosef Dagan.
3. Yassine Sakkaf.

Réponse : 2. Yosef Dagan. Jusqu'en 1970, en cas de match nul, le choix de l'équipe qualifiée se faisait par tirage au sort.

FOOT

Question

Au début d'une rencontre de football, comment procède-t-on au choix des côtés ?

Réponse : ce choix est effectué à l'aide d'une pièce de monnaie, par « pile ou face ».

FOOT

Vrai ou faux ?
Depuis 2004, les footballeurs risquent de recevoir un carton jaune s'ils retirent leur maillot après avoir marqué un but.

Réponse : vrai. Depuis 2004, cette sanction est inscrite dans l'article 12 des Lois du jeu.

FOOT

En quelle année
a eu lieu le tout premier échange
de maillots entre équipe ?

1. En 1905.
2. En 1931.
3. En 1958.

Réponse : 2. En 1931. Lors d'une rencontre France–Angleterre, les joueurs français, victorieux, proposèrent aux Anglais d'échanger leurs maillots. Une tradition était née !

FOOT

Quel objet utilisé par les arbitres a été popularisé lors de la Coupe du monde 2014 ?

Réponse : le spray temporaire. Cette mousse, qui disparaît au bout de deux minutes environ, permet de placer plus précisément le ballon au sol, ainsi que les murs de joueurs lors des coups francs.

FOOT

Combien de lois codifient le règlement officiel du football ?

Indice : entre 10 et 20.

Réponse : 17 lois. Les règles qui encadrent le jeu au football sont appelées « Les Lois du jeu ». Elles sont décrétées, protégées et améliorées par l'IFAB (l'International Football Association Board).

FOOT

Question

En quelle année a été créée la FIFA ?

1. En 1889.

2. En 1904.

3. En 1930.

Réponse : 2. En 1904. Le rôle de la FIFA est d'améliorer constamment le football à travers différentes actions.

FOOT

En quelle année a été tiré le premier penalty de l'histoire du football ?

1. En 1891.

2. En 1918.

Réponse : 1. En 1891. Vers la fin du XIXe siècle, les rencontres de football gagnaient en agressivité, ce qui obligea les responsables des fédérations de football à trouver un moyen de sanctionner les joueurs coupables de fautes volontaires.

FOOT

Quel célèbre acteur écossais ayant incarné James Bond au cinéma fut un excellent footballeur durant sa jeunesse ?

1. Sean Connery.

2. Ewan McGregor.

3. Pierce Brosnan.

Réponse : 1. Sean Connery. Il fut même repéré par le club Manchester United. Mais Sean préféra se consacrer à sa carrière de comédien !

FOOT

Qu'a-t-on baptisé du nom de l'attaquant ivoirien Didier Drogba ?

1. Une marque de voiture.

2. Une marque de bière.

3. Une marque de parfum.

Réponse : 2. Une marque de bière.
En effet, Didier Drogba est tellement célèbre en Côte d'Ivoire qu'un fabricant de bière a eu l'idée de baptiser une bière en son honneur !

FOOT

Sur quel objet insolite Lionel Messi a-t-il signé son premier contrat professionnel avec le FC Barcelone ?

Réponse : sur une nappe ! Afin de s'assurer de faire signer le jeune prodige de 13 ans, le recruteur rédigea le contrat sur la nappe du restaurant dans lequel il dînait avec Lionel Messi et ses parents !

FOOT

Quelle est la particularité du club de Division 1 espagnole, l'Athletic Bilbao ?

1. Il n'est composé que de Basques.

2. Il n'a pas d'entraîneur.

Réponse : 1. Il n'est composé que de Basques. Plus précisément, ce club est uniquement composé, depuis sa création en 1898, de joueurs nés au Pays basque ou formés dans un club basque.

FOOT

Pourquoi, de 1938 à 1958, l'équipe d'Argentine refusa-t-elle de participer à la Coupe du Monde ?

1. Elle n'aimait pas les pays organisateurs.

2. Elle trouvait son équipe trop mauvaise.

Réponse : 1. Elle n'aimait pas les pays organisateurs.

FOOT

Quel est le plus grand stade du monde ?

1. Le stade Azteca au Mexique.
2. Le stade du Premier-Mai en Corée du Nord.
3. Le Camp Nou du FC Barcelone en Espagne.

Réponse : 2. Le stade du Premier-Mai en Corée du Nord. Ce stade possède une capacité de 150 000 places.

FOOT

Quel autre sport Zlatan Ibrahimovic a-t-il pratiqué à haut niveau durant sa jeunesse ?

Indice : c'est un art martial asiatique.

Réponse : le taekwondo.

FOOT

Lors du Mondial 2010, qu'utilisa la Corée du Nord pour combler le manque de supporters de son équipe ?

1. Des drapeaux pour recouvrir les places vides.

2. De faux supporters.

Réponse : 2. De faux supporters. Le Comité du Sport nord-coréen distribua des billets à des supporters chinois, à la condition d'encourager la Corée du Nord.

FOOT

Question

Combien de kilomètres en moyenne un arbitre parcourt-il au cours d'un match ?

Réponse : treize kilomètres !

FOOT

Question

Avant l'utilisation des sifflets, comment les arbitres annonçaient-ils leurs décisions ?

1. À l'aide d'un porte-voix.

2. À l'aide d'une crécelle en bois.

3. À l'aide d'un mouchoir blanc.

Réponse : 3. À l'aide d'un mouchoir blanc. Le sifflet arbitral est apparu aux alentours de 1870.

FOOT

Question

Lors d'un match, il n'est pas rare de voir des olas dans les tribunes. À quelle vitesse environ se déplace cette « vague humaine » ?

Indice : entre 40 et 50 km/h.

Réponse : environ 43 km/h.
Des scientifiques hongrois se sont amusés à calculer la vitesse moyenne d'une ola dans un stade de football.

FOOT

Pourquoi la carrière du gardien chilien Roberto Rojas prit-elle fin ?

1. Il devint aveugle.

2. Il fut exclu à vie.

3. Il choisit de se consacrer au piano.

Réponse : 2. Il fut exclu à vie. En 1989, lors du match de qualification pour la Coupe du Monde, Roberto Rojas simula une blessure très grave, afin de gagner le match par forfait.

FOOT

Lors du Mondial 1998, quelle équipe européenne engagea une « guérisseuse mentale » afin d'être plus performante en cas de séance de tirs au but ?

Réponse : l'Angleterre. Cette équipe ayant été éliminée à trois reprises lors des tirs au but en Coupe du Monde, son entraîneur voulut remédier à cette « faiblesse psychologique », sans grand succès !

FOOT

Pourquoi l'Inde a-t-elle déclaré forfait avant le début de la Coupe du Monde en 1950 ?

Indice : les fakirs n'en portent jamais.

Réponse : ses joueurs ont refusé de mettre des chaussures. Pour des raisons de sécurité, la FIFA interdit formellement de jouer pieds nus. Inflexible sur ce point, la Fédération indienne décida de déclarer forfait !

FOOT

En 2007, comment José Mourinho parvint-il à parler à ses joueurs dans le vestiaire, alors qu'il avait été suspendu pour le match ?

1. Il se cacha dans un panier à linge.

2. Il se déguisa en nettoyeur.

3. Il passa par la ventilation.

Réponse : 1. Il se cacha dans un panier à linge !

FOOT

Quel âge avait le plus jeune entraîneur de l'histoire de la Coupe du monde ?

Réponse : 27 ans. C'est l'Argentin Juan José Tramutola qui détient ce record depuis la toute première Coupe du Monde en 1930.

FOOT

Qui fut la première femme nommée entraîneur principal d'une équipe professionnelle masculine de foot ?

1. Carolina Morace.

2. Corinne Diacre.

Réponse : 1. Carolina Morace. Elle fut nommée en 1999 à la tête de l'équipe de l'AS Viterbese Calcio, mais elle démissionna après seulement deux semaines, en raison de la pression médiatique.

FOOT

Quelle est la nationalité de Lionel Messi ?

Réponse : argentine et espagnole. Attention au piège ! Lionel Messi est argentin, puisqu'il est né en Argentine, mais il possède également la nationalité espagnole depuis ses 18 ans.

FOOT

En hommage à qui Cristiano Ronaldo porte-t-il « Ronaldo » en second prénom ?

1. Le joueur brésilien Ronaldo.

2. Le président américain Ronald Reagan.

Réponse : 2. Le président américain Ronald Reagan. La mère de Cristiano Ronaldo aimait en effet beaucoup cet ancien président des États-Unis.

FOOT

Quel est le seul joueur allemand à avoir gagné une Coupe du Monde en tant que joueur et entraîneur ?

1. Franz Beckenbauer.

2. Gerd Müller.

Réponse : 1. Franz Beckenbauer. Il est le plus célèbre des footballeurs allemands. Après sa carrière de footballeur, il devint le sélectionneur de l'équipe d'Allemagne de l'Ouest, avec laquelle il remporta la Coupe du Monde 1990.

FOOT

Vrai ou faux ?
Lors du Mondial 1974, Johan Cruyff portait un maillot différent de celui de ses coéquipiers.

Réponse : vrai. Le plus mythique des joueurs hollandais était sponsorisé par Puma. Il refusa de porter le maillot de l'équipe des Pays-Bas qui était sponsorisée par Adidas. Adidas accepta de confectionner un maillot spécialement pour le joueur, à deux bandes et non à trois !

FOOT

Quel était le surnom du célèbre gardien de but russe Lev Yachine ?

1. L'étoile de Moscou.

2. L'araignée noire.

3. La pieuvre géante.

Réponse : 2. L'araignée noire. Il est considéré comme le meilleur gardien de tous les temps. Son surnom lui fut attribué en raison du maillot noir qu'il arborait à chaque match et de son incroyable envergure de bras.

Enfant, de quel problème souffrait Lionel Messi ?

1. Il ne pouvait pas parler.

2. Il ne pouvait pas marcher.

3. Il ne pouvait pas grandir.

Réponse : 3. Il ne pouvait pas grandir. Sans l'aide du FC Barcelone, qui a financé son traitement, Lionel Messi n'aurait mesuré que 1,50 mètre.

FOOT

Qui retrouva le trophée de la Coupe du Monde 1966 volé à Londres avant le début de la compétition ?

Indice : c'est un animal.

Réponse : un chien. Celui-ci, nommé Pickels, retrouva par hasard le trophée, qui avait été volé par de mystérieux individus, lors d'une promenade avec son maître dans un parc de Londres.

FOOT

FOOT

Vrai ou faux ?
Le gardien espagnol Santiago Cañizares a raté la Coupe du Monde de 2002 après s'être blessé au tendon du pied avec une bouteille de parfum.

Réponse : vrai. Le pauvre gardien essaya d'amortir la chute de la bouteille avec son pied. Pas de chance !

FOOT

Vrai ou faux ?
Ɛn 2006, la Suisse a réussi l'exploit de terminer le tournoi sans encaisser le moindre but.

Réponse : vrai. Après le nul contre la France (0-0) et les victoires contre le Togo (2-0) et la Corée du Sud (2-0), les Suisses ont été éliminés en 8e de finale par l'Ukraine lors des tirs au but après un match nul (0-0).

FOOT

Vrai ou faux ?
L'oncle du gardien français Hugo Lloris a participé à la Coupe du Monde en 1982.

Réponse : faux. En revanche, le grand-oncle du gardien italien Gianluigi Buffon, Lorenzo Buffon a participé à la Coupe du Monde 1962.

FOOT

Vrai ou faux ?
Lors de la finale en 2006 (France contre Italie), Zinédine Zidane s'est déboîté l'épaule.

Réponse : vrai. Le capitaine des Bleus se déboîta l'épaule à la 79e minute. Courageux, il resta sur le terrain.

FOOT

Vrai ou faux ?
En 1930, l'Angleterre refusa de participer à la première Coupe du Monde, estimant que le niveau était trop faible.

Réponse : vrai. Pourtant, lors de sa première participation en 1950, l'Angleterre fut éliminée dès le premier tour.

FOOT

En 2014, quel joueur allemand a soulevé la coupe en premier lors de la remise du trophée ?

1. Mesut Özil.

2. Manuel Neuer.

3. Philipp Lahm.

Réponse : 3. Philipp Lahm. Il était le capitaine de l'équipe. À la suite de cette victoire, il décida d'arrêter sa carrière internationale, à seulement 30 ans.

FOOT

Quelles sont les quatre couleurs du drapeau brésilien ?

Réponse : vert, jaune, bleu et blanc.
On retrouve ces quatre couleurs dans la tenue à domicile : maillot jaune et vert, short bleu, chaussettes blanches.

FOOT

Qui a été désigné meilleur joueur de la Coupe du Monde 2014 ?

1. Arjen Robben.

2. Neymar.

3. Lionel Messi.

Réponse : 3. Lionel Messi. Malgré une défaite en finale, il a été désigné meilleur joueur de ce Mondial durant lequel il a marqué quatre buts et donné une passe décisive.

FOOT

Quelle équipe d’Amérique centrale a disputé sa première Coupe du Monde en 2018 ?

Réponse : il s’agit du Panama qui créa une énorme surprise en éliminant les États-Unis lors de la dernière journée de qualifications.

FOOT

Lors de la Coupe du Monde 2014, sur quel score le Brésil s'est-il fait battre par l'Allemagne en demi-finale ?

1. 6-2.

2. 7-1.

Réponse : 2. 7-1. Il s'agit de la plus grosse défaite de l'histoire de l'équipe brésilienne. Le score était déjà de 5-0 après seulement 29 minutes de jeu !

FOOT

Combien d'équipes africaines se sont qualifiées pour les huitièmes de finale lors du Mondial 2014 ?

Réponse : deux équipes. Sur les cinq équipes engagées (Algérie, Cameroun, Côte d'Ivoire, Ghana et Nigéria), deux se sont qualifiées pour les huitièmes : le Nigéria (défaite 2-0 contre la France) et l'Algérie (défaite 2-1 contre l'Allemagne).

FOOT

Durant le Mondial 2014, quel pays possédait l'équipe la plus grande (taille moyenne de tous les joueurs) ?

1. La Belgique.
2. L'Allemagne.
3. Les Pays-Bas.

Réponse : 2. L'Allemagne. Avec 1,86 m de moyenne, l'Allemagne possédait l'équipe la plus grande du tournoi !

FOOT

Quelle équipe, double championne du monde, est surnommée l'« Albiceleste » ?

Réponse : l'Argentine, ainsi surnommée en référence aux deux couleurs de son célèbre maillot rayé blanc et bleu. En effet, albiceleste signifie « blanc et bleu ciel ».

FOOT

Lors de la Coupe du Monde 2002, quelle équipe a réalisé le meilleur parcours de l'histoire pour un pays asiatique ?

Réponse : la Corée du Sud. En terminant à la 4e place, elle a réalisé le meilleur résultat d'une équipe asiatique. Elle s'est inclinée face à la Turquie lors de la petite finale (2-3).

FOOT

Quelle équipe européenne
est surnommée
les « Diables Rouges » ?

Réponse : il s'agit du surnom
de l'équipe belge.

FOOT

Quel joueur fut le meilleur buteur de l'équipe de France lors de la Coupe du Monde 1998 ?

Réponse : Thierry Henry (avec trois buts). Ce fut un exploit, car il ne joua même pas la finale.

FOOT

Quel attaquant brésilien
fut le meilleur buteur de la Coupe
du Monde 2002 ?

Réponse : Ronaldo. Le joueur brésilien marqua huit buts durant ce Mondial, dont les deux buts de la finale contre l'Allemagne (victoire 2-0).

FOOT

Quel joueur légendaire était le capitaine de l'équipe victorieuse de la Coupe du Monde 1986 ?

1. Diego Maradona.
2. Paolo Maldini.
3. Zico.

Réponse : 1. Diego Maradona.
Il remporta le titre avec l'Argentine.

FOOT

À combien de Coupes
du Monde Cristiano Ronaldo
a-t-il participé ?

Réponse : à quatre Coupes du Monde
(2006, 2010, 2014 et 2018).

FOOT

Quel petit pays européen
a réussi à se qualifier
pour sa première Coupe du Monde
en 2018 ?

Réponse : l'Islande.

FOOT

Qui a été élu meilleur
jeune joueur du Mondial 2014 ?

Réponse : le milieu de terrain français Paul Pogba, qui marqua notamment le but décisif lors de la qualification en huitième de finale contre le Nigéria.

FOOT

Quelle est la nationalité
de l'attaquant Luis Suárez ?

Réponse : uruguayenne.

FOOT

Dans quel pays
s'est déroulée
la Coupe du Monde 1958 ?

Réponse : en Suède.

FOOT

Vrai ou faux ?
Le plus jeune joueur ayant remporté la Coupe du Monde avait 17 ans.

Réponse : vrai, il s'agit de Pelé.
Il remporta la Coupe du Monde 1958
à l'âge de 17 ans et 249 jours.

Quel joueur brésilien a remporté trois Coupes du Monde ?

1. Ronaldo.

2. Pelé.

Réponse : 2. Pelé. Celui-ci est le seul joueur de l'histoire à avoir remporté trois fois la Coupe du Monde (1958, 1962 et 1970).

FOOT